鲸鱼安慰了大海

燕七 著

长江文艺出版社

我写的是诗吗

多么不起眼

这些落在纸上的字

像蚂蚁搬动着花瓣

有谁会低头来看

目录

辑一　我们一起站在山坡上开花

辑二　野花唱歌给自己听

辑三　　星空给我留了位置

辑 一

我们一起站在山坡上开花

从不对你说

我从不对你说，喜欢你
我不给你尘埃给树叶的压力

我从不骗自己说，喜欢你
我是善良的蜜蜂给自己留了一点点蜜

等风来

风是好看的
风懂得
怎样让一朵花好看

风知道怎样把樱桃吹红
怎样把一朵花的腰肢吹软

我们一起站在山坡上开花
等风来，把我们吹得清凉又好看

喜欢是简单的事

多么美，黄昏的时候
起了一阵风
一棵树
用扑天盖地的花瓣
送给另一棵树作聘礼

多么简单的事
一棵树喜欢另一棵树
就在春天呈上自己的所有

朗读者·曹军庆·小说家

小花

昨晚梦见，自己长成一朵小花
长在野外的路畔，仰着脸
和许多的小花一起排列着

你的马儿踩了我一脚，你一定没有看见
唉，我低到尘埃里去了，这不堪一击的遇见

花山日落

哥哥，你站在向阳的山坡，和日落一起等我
我一路走，一路心跳
我想要大喊大叫，把倦鸟都吓跑

多么奢侈的迎接啊
哥哥，我的泪怎么止不住地落
旱季的风不要再吹我
请去吹整片向阳的山坡

甜的孤独

你给我思念
我就给你思念
你给我温暖
我就给你温暖
你给我孤独
我全都收下
独自咀嚼孤独里的甜

半山坡

半山坡上的花朵
仰望星辰
恒河的星星
像花朵一样多
半山坡上的花朵
看不到
另一片山坡上的花朵
哪怕踮起脚尖

总有花朵不停盛开又衰败
总有星星擦亮又熄灭了火焰

月光如雪

有些很美好的事物
只有独自一人的时候
才会遇见

没有人相信
我心里藏着很多月光
仰着头的时候
月光如雪沁入肺腑

我的心，被月光照得多么明亮
可是要在很深很黑的夜
站得很近很近的人
才能看见

当我想起你

走在路上
突然心里很难过
我不知道
为什么难过
我不想回头
我知道背后一个人没有

心里空荡荡的
仿佛一个杯子
倒空了水
仿佛一间屋子
全装着黑

守一朵花开

春天的养蜂人
把蜜蜂赶上了山
从一座山到另一座山
哪里花开就去哪里

做一只蜜蜂多好
守着一朵花开
做养蜂人多好
追赶着春天

一生的时光

我愿意过这样的日子
每天只说想说的话
和喜欢的人牵手
在你眼前傻笑
连爱都说不出口

生而为人

梅树的香气引来很多人围观
有的人伫足欣赏
有的人折断它的枝桠
它疼得全身发抖
生而为人，我们也一次次被折断，被掠夺
最终像梅树，一样沉默

朗读者·雷平阳·诗人

五月的山坡

越来越昏暗的黄昏
花儿还在热烈盛开
美得有些奋不顾身

那朵恬淡的云
忘了回自己的山洞
等待着
来接它回家的另一朵云

有时候我也想开花
在五月的山坡
趁着寂静无人
打开自己的心扉

听雨

黄昏的时候
下了一场温柔的小雨
风陪伴着雨
它们总是互不相离
我走在雨中
被淋湿了头发和眼睛
我的心是安静的
再静一些可以听到雨声

火山酝酿着毁灭

在花山
想写一首花儿的诗
写给你看
从黎明写到天黑
从相识写到离别

我不相信我们会在一起
我的心里一直在酝酿着一场离别
仿佛火山酝酿着一次毁灭

隐身术

我只想去一座山
练习一种法术

我要去你身边
你看不见我

你对着任何人笑
都是对着我笑

只有我
能触碰到你的孤单

地球怎么可能是圆的

地球怎么可能是圆的
你走了那么久
还没有回到我身边

我是哭起来整个春天都会下雨的人

我想等着身体好起来
阳光明媚的日子
就去龙溪沟的树下躺着

春风微微地吹着
阳光斑驳
轻柔的花瓣落在脸上

我是美好得面目全非的人
我是笑起来整座山林都会摇晃的人
我是哭起来整个春天都会下雨的人

我们是一无所有的人

要隔上很多年
我们才能重新坐在这棵树下
把以前没有说的话说完

也许这棵树不是那棵树
它已经走了，去了遥远的广场或者庭院
害着思乡病
从前的飞鸟偶尔会眷顾它

亲爱的，我们是两个孤独的人
如果我们不相爱
就一无所有

某年

你怠慢我，在某年
在某年，我沉默

把长的句子剪断
比短还短。不看你

不和任何人见面
时间是贴狗皮膏药

跌倒了就爬起来
扑灭内心多余的火焰

该来的人没有来

雨停了
清风驾着云朵
在山坡上来回奔跑
去年的花朵都找不到了

那个路过花山的人
他不是来找我的
我也不是在等着他

从前

从前，云朵是长在屋顶上的
鱼在树枝间游来游去
河水很清澈
果子是风从山谷吹来的

从前，想要一个爱人
就去神女山下许愿
神听到了，就让他来到你身边

好运气

大海积攒了所有的蓝
倒映出这样的天空

云朵积攒所有的雨水
汇成明澈的湖泊

非洲菊积攒了所有的热情
才有一望无际的花海

我积攒所有的运气
才遇见这样的你

落叶

落叶洒满草地，月光铺满夜晚
我们踩着落叶，每一步都吱吱响

该如何形容这感动
抬头的时候，你在我身旁

春天敲门了

我让春天去敲你的门
诱惑你看到万物生长，花朵盛开
每个人走路带风的样子

我让夏天缠着你
爱我，才能赶走躁闷的炎热
你的心才能安静

我让秋天请求你，亲爱的
我们需要一个家
窗外是开满迷迭香的原野

冬天来了，漫长的寒冷
下辈子不会遇见了，我们只有相爱
只能相爱

固执的树

在秋风中摇晃的树
彼此保持距离的树
固执的树
凝望一千年也不
拥抱的树
尽管它们的根早就连在一起了

另一个自己

你不知道，我这样想过你
你不知道，一个人在黑暗中痛哭
多么寸步难行

我想过的你也许不是真正的你
只是你身上温暖的一部分
是我渴望拥抱的另一个自己

山坡上

每座山坡上
都站着一棵树
像是要对你说些什么

在树下坐着
会看见一些远方的事物
会想起从前
终于可以安静下来

有时候几片叶子落下
仿佛一件衣衫
替睡着的你轻轻披上

荷香

已经很久很久了，这轻爽的风都不肯收场
我们并排坐着，许多年了，都还是老模样

这让人留恋的午后，这让人心动的荷香
风反复吹着，它便反复荡漾

好天气

好天气的时候
我们牵着手
去看看屋后的雪山
阳光落在眼睫上
你笑得很耀眼
松鼠把红彤彤的果子
丢给我们
咬一口，多么甜

风对树枝的暗号

要找到一双悲悯的眼睛
干净的手
和清澈的心

要有一句风对树枝的暗号
找到一棵树，和它一起站立
日月山川，都是身后的背景

要和他相爱，白头偕老
任何人的出现都不再重要
我们用树根拥抱，枝头上落满了繁星

一朵花就是一首诗

星罗棋布的村庄
仿佛一艘艘停泊的外星船
风来了，麦田是不息的海浪

要么喜欢你
要么永远喜欢你
每双眼睛都有秘密
一朵花就是一首诗

在春天，春风追赶着河流
沿岸的野花竞相盛开
密乍的花朵，像天上的星星挨得那么近

找棵桃树去站着

最温柔的春风
总是抢着去吹
那些盛开着的桃花
吹呀吹呀
桃花就落下来了
我站在树下
成了一个缤纷的人

杏花雨

这堵墙，挡不住
寒梅的香气
它找了几条街
找到了我

这堵墙，也挡不住杏花
它们马不停蹄落下
站在墙外的人
不小心被一场春天的杏花雨浇透

这盛情的挽留
让我有点眩晕，一个人
扶着墙站了许久

那样的春天

"那是我的山，山上要种满桃花"
我指着湖对面，对她说
这样的话
我每年都会对她说几遍
决不是信口开河

只要想一想，那样的春天
和你在门前喝茶
春风吹着花瓣
纷纷扬扬落在湖上
就觉得美不可言

花乱开

花一直开，有些是胡乱地开
像活泼可爱的少女
它们陪着我一起等你

你不来，春天如何收场
这春天，还有什么比一朵花的盛开
更重要

前世是云，今生是花朵

我是一朵花的时候
有时候我想成为一朵云

我知道，前世就是这样
我是一朵云时，又想成为一朵花

布谷鸟是一封从很远的地方寄来的信

布谷鸟只在乡村的清晨鸣叫
把睡梦的人们叫醒

它像是一封从很远的地方寄来的信
神秘地出现，神秘地消失

早起的人，几滴清凉的雨水贴上额头
仿佛四月的一个吻

认养这些野花

我的花朵都养在野外的山坡上
月光和太阳都可以自由照耀
我愿多此一举
认养这些野花
在你路过时，我小小地炫耀

我喜欢在这样的下午
和你坐在山坡上喝酒，弹琴
有时在风里沉默

但都不是你

在秋天的火车上
想念家乡的乌桕树

秋风摇晃它
阳光照耀它
秋天所有的色彩
都是它的
遇到它
别的树都不再放心上

有人像你的眉目
有人像你的剪影
有人笑起来好看
但都不是你

雪缓缓下着

风吹着落叶子的树
像是有许多蝴蝶
顷刻间飞走

荷塘里
只有一些残败的荷叶
早就折断了翅膀
雪缓缓下着
要把荷塘填满

我们不要遇见了
我们会是
彼此的深渊

朗读者 · 魏天无 · 评论家

我什么事情都能做到

我允许
你成为我的弱点
倘若你再不走向我
我就走向你

我把天空涂抹成大海的蓝
把雪山搬到庭院
当北风吹向你的时候
我让它减速，变暖

我的心不大不小
恰好装得下你

短的一生，长的一瞬

有些事是你不知道的
例如那个夏末的清晨
我曾用一秒钟
回头看你走在湖边的背影

那在香樟树下
和阳光一起微笑的眼睛
吹过脸颊的风
那些洒在湖上的金子
都是我说不出的感觉

我想我会用短短的一生
怀念那长长的一瞬

想你

有月光的夜晚
每片菩提树的叶子上
都有一两片月光
如果你和我一起走着
你的眼睛也是亮闪闪的

月光照在台阶上
明亮的尽头
我与黑暗彼此凝望
总有无法表达的悲伤
总想靠着一个人的肩膀

我想你
怎样才能让你知道

原来的愿望

我本来想快快老去
在秋天的湖边盖一所房子
把屋顶和栅栏刷上白色的漆

桃花落得比时间还快
我本来想就这样快快老去
我本想与世无争
也不想遇见你

雨后

我想和你去站在
那朵云下面

一场瓢泼大雨
把我们浇得透彻又清凉

我走了很远很远的路
才走到你身边

我渴望靠近你
疲惫的人渴望一把椅子

孤独是什么

孤独的人
每天拖着他的影子

孤独的影子
每天跟随着主人

一生的时间
彼此都不倾诉

辑二

野花唱歌给自己听

野花唱歌给自己听

野花长在山坡上
野花在山坡上凋零
它给自己唱歌
无人聆听

燃烧吧乌桕树

只有我的家乡
才生长那种动人的树
它们平常很小心地绿着
到了秋天就忍不住爆发出来
每一棵乌桕树，都是一只艳丽的火把
静静燃烧着一整个秋天

乌桕树

它站立在原野的样子
像一个正在爱着的人
它的每片叶子都在阳光下
烈烈燃烧着
风轻轻一吹，它就抖落秋天
那缤纷的色彩
是不能被形容的

乌桕新娘

她准备好了
倾其所有的美好
身着凤冠霞帔
在明亮的阳光下微笑
每一个路人走过
她都张开双臂

秋风狠狠刮过
将她的十里红装吹光
秋去冬来
她又老又丑，伤痕累累
还站在路旁

一起去看乌桕树

到现在还没有看过乌桕树
这个秋天就白白度过了

还没有像乌桕树一样爱过
这一生就白活了

现在就出发
那些树在等着你

最好的时间是霜降
其次是现在

小星空

今晚没有星空
只有突如其来的小雨点
敲打着玻璃窗
窗外一片漆黑
乌桕树举着每一粒发光的种子
沉默的总会被发现
沉默的总是被忽略

昨晚我梦见大片的山莓
它们那么甜，我还想梦见

乌桕树

每一片叶子
都去了
想去的方向

乌桕树
真傻
还站在
原来的地方

轻微的敲打

雨点不打招呼就来了
风吹弯了乌桕树
吹响了叶片
轻微的敲打并不使人痛苦

每片叶子都试图接住雨水
擦洗着身上的灰尘
雷声打破了寂静
闪电增添了光明

春雨

春雨再一次光临了我的清晨
在窗外敲打着屋檐
一个叫春天的旧情人
温柔呢喃着我的姓名

我的心，生长了轻盈的翅膀
仿佛回到了山林
每一声鸟鸣，都是帮我赞美春天
每一片叶子，都是我写给春天的信

天冷了

天冷了
我们的心里
应该有一点温柔

雪花很冷
我们用温暖的目光
融化它

冬天了
我们应该
靠近一点儿

小苍耳

在秋天的田野
遇见苍耳，小小的
灰灰的
不打一声招呼
就爬上我的鞋带

摘掉它们的时候
我想到故乡
那里也有成千上万的苍耳
每一个都有小小的愿望
不动声色沾上异乡人的衣角
被带到另一个地方

一个人的花山

鹭鸟随着落日
沉入大渡桥另一头的树林
田埂上的花朵，合拢了花瓣
如即将熄灭的灯盏
在山脚相逢的人，相视一笑
什么也没说

等花山上种满了树
再没人上花山了
它又是
我一个人的花山

夕阳下山

走在花山上的人
走着走着
就走不动了

在山坡上坐着
等夕阳下山
等蜿蜒的河水
拦住下山的牛羊

潜伏在花丛中的劫匪
神魂颠倒
根本就不知道
又过完了一天

美得不像话的春天

我坐在门前
对面是我的绿水青山

山上种满了桃树
湖里是桃花和鹭鸟的倒影

这么美，怎么办
我总是一边晒着太阳，一边开心地叹气

在炉火边

大雪封山了
大雪封住了河流
封住了人间的路
去对岸的人
在冰上行走

天寒地冻
我和炉火相依为命
折一枝腊梅，在炉火边
再煨一壶杏花春的酒

每朵花都有恰如其分的美

我遇见的每朵花
都有恰如其分的美

我喜欢它开花的样子
喜欢它站在雨中的样子

喜欢它在山坡上踮起脚尖
翘首以盼的样子

喜欢它偷偷看我
又慌乱低头的样子

我喜欢它是我喜欢的样子
我喜欢它喜欢我

花山上的一朵花儿

遇见你，我原谅了
黑夜为什么这么黑
为什么讨厌的风反复吹我
为什么闪电雷鸣
整晚在我耳边恐吓呜咽

我原谅路人的铁石心肠
把我踩在脚下碾压
原谅了牛羊的野蛮
几次令我险些遇难

只要你会出现，不管多晚
我都心怀感恩
你是照进心里的那缕光
有多温暖就有多好看

雨水

雨水落下来了
每一株麦苗都喝饱了水
老水牛在雨中缓慢地走着
若有所思的样子
鸭子欢快地跳进池塘
在青青的垂柳下面嘀咕

荷塘在孕育着，一次花开
像村里那些不起眼的黄毛丫头
不久以后，都将亭亭玉立

最洁白的诗篇

三五只鹭鸟
湖边漫步
它们的身影
宁静而孤独

当它们打开翅膀
随风飞翔
仿佛书卷中掉落的
最洁白的诗篇

稻草人

明亮的阳光
照着山坡
山坡上
长满了青草
碧绿柔软

云雀的叫声很好听
稻草人向它张开了双臂

后山

山上有很多树
很多石头
它们不和我说话
我也不想说什么

雨后的松针下有很多菌菇
我一边走，一边轻轻拨开草丛

春树

每棵树
都是一个王国
惊心的美
仿佛就要"嘭"地炸裂

盛开的花朵
用耳语传递着消息
路过的人不敢多看，不敢停留
不敢触听它们的秘密

每一朵桃花的样子

我希望桃花
是一朵一朵地开

要是它们一下子都开了
我就不知道

这一朵
和那一朵
有什么不同

我们去花山

苏子，我等你
一起上山去
盖两间茅屋
种几棵好看的小树
一群燕子来春天的屋檐下落户
鹭鸟在窗外淡定地翻飞
我们整日聊天喝酒
路过的人，喜欢的
一个也不放走

湖水想被青山拥在怀里

没有月亮
夜晚是怎样漆黑一团
没有鱼群
大海是怎样寂廖无边
冬天没有太阳多么寒冷
天空没有飞鸟多么寂静

我不知道你爱不爱我
湖水想被青山拥在怀里

心里也在下着一场落叶

一切来得太突然了
这闯入视线的乌桕树
这样的午后，不会再有了
可以陪着你
走一段铺满阳光的小路

我感到累了
多么安静啊
心里也在下着一场落叶

多余的部分

在月光下
敲门的
不是僧人
是迷路的旅人

月色美得
让人不敢呼吸
仿佛自己
是多余的部分

大魁山

我们什么时候出发
去看一次
大魁山上的鹭鸟
要是再等些年
我们老了
就去不动了

那些鹭鸟也会老的
那时候，漫山遍野
都飞着羽毛

野风

仙居顶上的大风
像个孩子
野起来，谁也管不着
把羊群吹到天上
把云朵从天上吹落

它吹走了黄昏
吹散了钟声
让大风车总是停不下来

它还吹着我们
仿佛吹着山间的植物
当风来临
悲喜摇晃不能自已

槐荫洲头

热烈盛开的紫薇
在道路两侧夹道伫立
顺着这条路一直走
是否就能遇见似曾相识的人
风吹一吹，紫薇花瓣落下
隔着花雨，这么久了
我还能否认出你

林间漏下的阳光打在地上
更深的树林里藏着鸟鸣
有人在河边的树荫下垂钓
仿佛忘记了身外事

李白

他是我一眼就看上的人
除了他，我心里放不下别的人
他是我淡淡喜欢的人
因为喜欢，所以我欢喜地活着

他是我下辈子还会喜欢的人
也是这样淡淡的喜欢
我喜欢的都离我有点遥远
我并不愿意动身去长安

在黄昏失约的人

黄昏的时候
该把宁静还给田野了
把微风还给树梢
星子还给夜幕
皎洁还给月亮

如果你准备失约
请现在告诉我
我就不会再期待什么

淡淡的

淡淡的日子
来写一首淡淡的诗
腊梅慢慢开放
炊烟若有若无升起

我淡淡的幸福
仿佛风经过
湖水中
淡淡的涟漪

我

我在茫茫海上漂浮着
仰望星夜
不知道哪一颗是你

鲨鱼在我身边游弋
它们对灵魂轻盈的人
毫无兴趣

让我无所适从的
依然是太阳和风
还有宇宙间的黑洞

我做过的事

白天我修剪树枝
打扫落叶
梳理鹭鸟的羽毛

夜晚我帮河流止咳
把月光擀平
还帮星星校正它们的坐标

我独自做过很多事
我比星空、陆地、海洋
还要安静

我已经不去想你了
我在湖边散步
踩着我自己的影子

只活一生怎么够

一生是短暂的
我还没有去过高山
没有走过平原
有很多的话想和你说
一生不够说完

只活一生怎么够
我还没有摘过星星
没有骑过鲸鱼
没有尝过你的泪滴
有多咸

月光火车

火车走了一整夜
驮着一匹月光
走累了
就歇一会儿

月光落在站台上
静悄悄
缘分真奇妙

有些火车总是错过
有些火车总会遇到

奔跑的火车

火车不想说话的时候
跑得特别快
黑暗不能阻止它
大雨不能阻止它

心动的人不能突然不爱
奔跑的火车不能突然停下来

小火车

小火车只有一节车厢
车厢里只能坐一个人
小火车在轨道上跑
绕着贝加尔湖畔
轨道两侧开满了花朵
窗外的星空
像湖里的游鱼一样闪烁
月亮照着小火车
它想起另一只小火车
就越跑越慢

落日

天空和大地都是你的
走到哪里，哪里就光明、耀眼

黄昏时
你熄灭身上的火焰
当你降落，如此孤独

要是你来了
我会安静地出门迎接
孤独者需要孤独者的陪伴
我是屋顶我是海洋我是山峦

槐树下

坐在槐树下
喝茶的人
很安静

他如果不动
那些落下的花瓣
就会把他藏起来

让另一个迟到的人
怎么也找不到

月亮照山坡

总是说到大魁山
那成千上万只鹭鸟
它们就蹲在岩石上

大风吹白雪
月亮照山坡

总是想到你
梦见你笑起来的样子
跟我想象中一样

秘密

江湖险恶
黑夜比我们想像的还黑
不能什么都给人看
我的爱
藏得比你知道的更深

除非你能剖开我的心
否则，爱你永远是我一个人的秘密

浮萍

河里的水流动得很慢
有什么在推动着小小的浮萍
它们一边走
一边不动声色占据了河面
云朵一再降低
仍照不见自己的影子

如果我丢一把莲子
它们来年能否长出一片荷花
用静默的力量推开那些浮萍

叶落无声

在清晨推开窗
看昨夜的落叶
厚厚铺在路上
雪一样安静

记得那年的大雪
快乐的人
都出来扔雪球

我们原本多么陌生
你却把雪球扔在我身上

野火

前些日子桂花就枯萎了
现在还在树叶后躲着
我有什么地方可以躲呢
树还在，你没在那里等着

再冷一些
就是霜降了
有人在田野放火
他只管放火

朗读者·李以亮·诗人

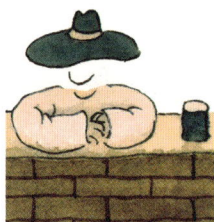

辑三

星空给我留了位置

和一朵花去私奔

这世上，我并不欠谁
我最亏欠的是我自己

欠自己一个奋不顾身的远方
一场酣畅淋漓的远行

欠自己一个刻骨铭心的拥抱
一场山崩地裂的私奔

把星星送给那些孤独的人

每一颗星星都是亲人
我们在黑暗中彼此凝望

每颗星辰都是花朵
晚上盛开，白天熄灭

我需要一颗星星
照亮我的夜晚

我需要满天星星
送给那些孤独的人

小妖怪

大家都喜欢叫你小妖怪
我也喜欢这样叫你
小妖怪，你喜欢孙悟空和奥特曼
整天要惩恶扬善
小妖怪，你在学算术
再过二十五年，你就到了妈妈的年纪
再过五十年，就到了外婆的年纪
小妖怪，我宁愿你不要学会算术
我宁愿你无知又可爱，做个小小的妖怪

爱

小怪兽说
妈妈，我爱你
我心里
是满的

我很羞愧
有时候
我的心是空的

我想写的诗

一定有一首
最好的诗
在雪地里潜伏

是后山的松果
在午后
静悄悄炸裂

平凡人的祈望

平凡的人卑微地活着
卑微地乞救上帝
明知道天空一片漆黑
却还是祈望着
能有几颗明亮的星

收回

太阳累了
一边下山
一边收回自己的光芒
丛林收回自己的脚步
树枝收回自己的翅膀

那个乞讨的孩子
为什么没有妈妈
把他收回自己的怀抱

漫长的寒冬

天黑了
寒夜漫长
有人整夜咳嗽
要把苦胆吐出来

雪总是犹豫不决
迟迟降临
温暖的日子
像是永远也够不着

那两只无法拥抱的刺猬
就要熬不过寒冬了

唯一的一个

山林里
多一棵树
和少一棵树
是不一样的

这世上，有我
和没有我
也是不一样的

月亮只有一个
我也只有一个

妹妹

妹妹拖着她的鼻涕
像彗星
拖着它的尾巴

堂哥把我气哭
气愤的妹妹去找他打架
她明明打不过
还那么英勇

可她从来没输过
她咬了堂哥一口就跑了

喜欢

大朵大朵的紫玉兰花瓣落下
微微的风吹着，一朵追着另一朵
像一个人走在另一个人后面
离得很近，却不敢说出，心里的喜欢

我怕太美好就不是我了

我是多么吝啬的人
明明可以从心里掏出更好的诗句
却吝于找寻
我怕那么美好
我就不是我了

朗读者·燕七·诗人

胆怯的树

害怕骤雨雷电
害怕云朵捎来的信
害怕另一棵树突然说
我喜欢你
让你不知道该拿什么回应

如此寒冷的时光

如此寒冷的时光
沙棘子冻成坚硬的宝石
山上没有人说话
该飞的鸟都飞走了
山下的湖泊是一面绿色的镜子

寒风把银杏树叶子吹光
夜幕在寒风中降临
大街上安静下来
卖菜的小贩
用力蹬着三轮车回去

十年

我们说到十年前
那些人和事
恍若隔世
不像是真的
那时我害羞，现在也是
那时我胆怯，现也也是
那时相识的朋友，有的在人间已找不到了
那时喜欢的诗，喜欢的人
现在还是喜欢

燕七

燕七，女，在四月天色未明的清晨
生于大别山某个无名的小镇
有一颗幼稚的心，时而灿烂时而颓丧
常幻想自己是一棵走在人间的玉兰
或者是别的树，长着很多叶子
和喜欢的人，生老病死在自己的家乡

夏天

夏天说来就来了
知了在午后反复叫着
闷热的夏天啊
姥姥说走就走了

小脚的姥姥不知道
我流了多少泪
我想把她从村头背到村尾
唱所有会唱的歌给她听

清明

先是大风，然后是惊雷

淅沥的雨声响了一夜

上山的路泥泞崎岖

荆棘扯住了裤腿

野花揉着惺忪的眼

感谢我爱和爱我的人

都在世上平安地生活

地下的亲人，愿你们心神安宁

原谅我将你们淡忘

没有完全虚度的一生

我的秘密是始终如一
好好爱一个人
有些年轻人捧着一颗迟暮的心
我迟暮的身体住着一颗飞扬的心

每一天，这个世界都值得好奇
虽然不能同时去往两个方向
每一刻的潮汐都翻动着
到达它所能抵达的地方

我什么都不会
只能用一生的时光来为你写简单的诗
没有哪一天是完全浪费掉的
没有完全虚度一生

我浪费了一生的时间

我浪费了一生的时间
我的墓碑，只能刻下一个平凡的名字

我一生的时间
都在取悦别人，而不是善待自己

从来没有为自己而活
我也不知道，为什么不能为自己而活

冥冥之中，有什么鞭挞着我
有时候，我真是一头固执的牛

更多的时候，我是一只小狗
趴在门前的空地，遥望着小路的尽头

恬静的黄昏

一些温柔的话
在傍晚的树下来说
会刚刚好

说阿弥陀佛
说风吹动了叶子
是因为喜欢

一个人

一个人不能在燃烧的大火中
一声不吭

一个人用尽全力
没有遇到可以燃烧的那个人

许多人一生都没有燃烧过
许多人，独自化为灰烬

简单，简单，更简单一些

简单有什么不好
简单地唱歌，走路，聊天，睡觉
简单地要，或简单地不要

一个人的星球

风吹不倒山上的树
风还是吹
有人从沼泽地爬起来
又掉下去

什么也不想说了
一个人的星球很小
我把椅子向后拉
就能看到日落

简单干净的诗

我想写的诗是这样
不添加色素、防腐剂
像小狗的眼睛
像清晨
沾着露水的
小青菜

你看了一次
还想回头看一次

什么都孤独

那个扫落叶的人是孤独的
那件晾在窗前的衣服是孤独的

屋顶那只黑色的猫
电线杆上的那只发呆的鸟
都是孤独的

当我孤独的时候
看什么都很孤独

风带走我的帽子

突如其来的风
吹走我的太阳帽

我来不及捉住
它已坠落山谷

我们不会再遇见了
我也无法回头

那幽静的山谷
那孤单的太阳帽

孤独是鲸鱼的胃

你转身，进了另一扇门
我退后，退回自己的黄昏

夜寒露重，独坐太久的人
不知不觉，已百病缠身

孤独太巨大，无力抵挡
哪怕千万只鳞虾
填不饱鲸鱼的胃

小镇很小

在小镇
一个人低着头
走很久
也不会撞到另一个人

在小镇，没有人可以说话
黄昏的落日和炊烟都很美
你在竹林晃着
摸摸这一棵
摇摇那一棵

板栗在刺包里

每只刺包里
都有两三只板栗
抱在一起
像是一家人
过着与世无争的日子
它们以为
刺包可以永远
保护自己

晕火车

我晕火车,你晕吗
天色暗下来
家乡越来越远
窗外一闪而过的红叶子树
不是乌桕树

等到深夜里
一只火车和另一只火车相逢
说点什么好呢

那么久没见了
我和你

倒退的火车

不知道为什么
有时候，火车的头
也会成为它的尾巴
它可以倒退着走

倒退的村庄
倒退的树木与河流
像是做梦一样
要是时间能够倒退就好了

小朵的美好

允许想你的时候
心是甜的
允许一朵野花
在山坡上
旁若无人盛开
那么小
有小朵的美好
那么小
也有自己的世界

让星空再安静几千年

鲸鱼在陆地搁浅
受伤的小船被浪潮推上了岸
遥望着越来越远的帆
我要在你怀里痛哭
歇斯底里，抓住你的衣襟
孩子一样无助，依恋

你没有办法，心开始融化
在眼泪的海洋中漂浮，旋转
只要你回头
我让漫天的星斗再安静几千年
绝不把它们都打翻

不爱挪脚的云

夏天的夜晚
每只萤火虫都提着一盏灯
照亮眼前的黑暗

我跟在它们身后
东游西荡
离开你
又找寻你

像清澈的溪水
我爱得很浅
像不爱挪脚的云
我爱得很慢

飞蛾向着火焰扑去

鸟雀向着明亮的玻璃撞击
飞蛾向着火焰扑去
我们一生都在摔倒
渴望燃烧
我们都有软弱的一面
坚定的一面
仍有什么让我想哭
我以为是墙扶着我
其实是我们彼此扶着

月光如诗

写诗的时候
心情像纸一样雪白
像荷花一样清香
像风轻轻吹着草地
牛咀嚼着青草

像夏夜母亲唱着歌谣
我在母亲膝上睡着
月光晾晒着我
把我融成一团月光

碗

是我出嫁前的一只碗
小巧，瓷白
独一无二的缕纹
这些年磕碎了不少碗
她一直完好无缺

除非饿极了
我才添第二碗饭
小碗提醒我
尽量不要欲念缠身

年轻的母亲

年轻的母亲
要到河的对岸去
她脱掉鞋袜
在寒冬里涉水

我希望有一个英俊的男子
背着她过河
我希望在她年轻的时候
有一段美好的爱情

一朵花，要被珍惜过
再枯萎

冬天的树

冬天的树
让人感觉有点冷
有点不好亲近

只有雪试图去抚摸那些枝桠
它们失去叶子如同我们失去亲人

事情总会好起来
没有更坏就是在好起来

慢

有些树叶落得很慢
很慢
也许是要飘到
下一个秋天
也许是要飘到
另一棵树的怀里

懒

懒得奔波

懒得计较

懒得证明

懒得想

懒得爱

懒得做一个不清白的人

星空给我留了位置

用我的泪水
把天空擦亮一些
星星露出它们的面庞
每个仰头的孩子
都能一眼望到它们
望到淡淡的远山
更遥远的海洋
那样清澈的蓝，海里的鲸
若隐若现

用我的泪水
把天空擦得更亮些
星空给我留了位置
我在练习拔地而起

鲸鱼安慰了大海

不是所有的树
都能在自己的家乡终老

不是所有的轨道
都通往春暖花开的方向

不是所有的花都会盛开
不是所有约定的人都会到来

我知道，是流星赞美了黑夜
鲸鱼安慰了大海

朗读者·陈赫·演员

后

———

记

一棵树喜欢另一棵树，就在春天，呈上所有的花瓣。

喜欢，是如此简单的事情。

写诗，也如此。

这个世界对于我们来说，并不都是美好的。不管生活如何荆棘，哭是没有用的，走下去是唯一途径。

捕捉生活里细微的快乐，让生活干净明澈，简单而美好。

罗曼·罗兰说，世上只有一种英雄主义，就是在认清生活真相之后依然热爱生活。

不要燃烧过，要一直燃烧。

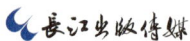

图书在版编目（ＣＩＰ）数据

鲸鱼安慰了大海 / 燕七著. -- 武汉：长江文艺出
版社，2019.5
ISBN 978-7-5702-0891-3

Ⅰ.①鲸… Ⅱ.①燕… Ⅲ.①诗集－中国—当代
Ⅳ.①I227

中国版本图书馆 CIP 数据核字(2019)第 033110 号

内文插画：老树画画
责任编辑：谈骁　胡璇　王成晨　　　责任校对：毛娟
装帧设计：璞闾　　　　　　　　　　　责任印制：邱莉　王光兴

出版：　长江出版传媒 | 长江文艺出版社
地址：武汉市雄楚大街 268 号　　　邮编：430070
发行：长江文艺出版社
http://www.cjlap.com
印刷：湖北新华印务有限公司

开本：880 毫米×1230 毫米　　　1/32　　　印张：6.25　　插页：2 页
版次：2019 年 5 月第 1 版　　　　2019 年 5 月第 1 次印刷

定价：45.00 元